유제화 시인 문학집

흰 구름 한 조각 보시거든

유제화 문학집

구암출판사

세계문학예술작가협회 시인, 유제화 시화 사진시

발간사

우리는 종종 문학이란 무엇인가에 대해 생각하는 시간을 갖는다. 글월 文 배울 學의 한자어를 지닌 문학은, 사상이나 감정을 언어로 표현한 예술이라는 사전적 의미를 지닌다.

문학은 시, 소설, 희곡, 수필, 평론 등 다양한 방면으로 세를 넓힌다. 배우고자 하는 인간의 잠재적 욕구와 자신을 중심으로 둘러싼 모든 환경에 대한 호기심과, 관찰 등을 흥미롭게 글로 표현한다.

잠재된 내면의 자아를 일으켜서 회고를 넘어서고, 소외된 시학을 반성한다. 정형적이거나 인공적이거나 하는 어떤 범주에 치우치지 않기를 바라는 마음으로, 언어를 제시한다. 그리하여 억압되고 은폐된 언어의 근원을 선행하던 문학이 사람들의 마음에 생기를 불어넣는다. 그에 따라 문학을 사랑하는 움직임이 하도 발랄하여 생활 곳곳에 자리한 연주음이 조화롭다.

동산너머 / 오래된 소나무 사이로 / 어여쁜 흰 구름 한 조각 / 한가로이 떠있어요 // 저 흰 구름에 / 내 마음을 실어 / 님 계신 / 그곳으로 보내오니 // 님 계신 곳 / 동쪽 하늘에 / 흰 구름 한 조각 보시거든 // 유제화, 『흰 구름 한 조각 보시거든』 전문 발췌

유제화 시인은 '널리 세상을 이롭게 하라'는 단군왕검의 홍익인간 정신을 바탕으로, 자연과 교감하는 모습을 여과없이 보여준다. 구름 한 점, 나무 한 그루도 소중히 하여 생명을 불어넣고, 자연과 인간이 대화하며 함께 머무르고 싶은 관계를 잇는 것을 마다하지 않는다.

한편, 유제화 시인은 그의 문학집 『흰 구름 한 조각 보시거든』에, 시와 수필, 꽁트, 소설과 더불어, 이미 시도되었거나 시도되지 않은 일들을 함축하여 정치적 헤이함에 대한 반대도 불사하는 문학적 논평 또한 세심하게 드러낸다.

낙관적이거나 그렇지 않은 일들이 비일비재한 요즘시대에, 유제화 문학집 『흰 구름 한 조각 보시거든』은, 열어 보는 페이지마다 독자에게 공감과 감동을 듬뿍 줄 것을 예측하며 이 책을 적극 추천한다.

세계문학예술작가협회 부회장
구암출판사 편집장
시인 작가 평론가 이미래

★ 시인의 말 ★

 언제부터일까요?
 자연은 나에게 말을 걸어왔습니다.
 그 무더운 여름날에 나무에서 노래하던 매미가,
집 옆 고랑을 흘러내리는 개울물이, 푸른 하늘을
베개 삼아 유유히 노니는 흰 구름이... 나에게
말을 걸어왔습니다.

 나를 느껴봐. 그리고 나를 노래해. 나를 표현해
줘.

 언제부터일까요?
 매일 만나는 사람들 안에 있는 사람안의 사람,
혹은 그 사람 안 저 깊은 곳에 있는 영혼이,
교실에 같이 앉아 있을 때, 길을 걸어갈 때, 같이
밥을 먹을 때, 다정한 대화를 나눌 때에도 나에게
말을 걸어왔습니다.

 나는 누구일까? 너는 또 누구니? 우리는 왜
하나가 아니고 떨어져 너와 내가 되었을까?

 언제부터일까요?
 동네 친구들의 돌아가신 할아버지 할머니들이
푸르디푸른 혼불을 타고 못자리로 날아가면서
나에게 말을 걸어왔습니다.

 나는 이제 간다. 넌 언제까지 살거니? 죽음
뒤에는 무엇이 있는지 혹시 생각해 보았니?

그리하여 나는 나에게 말을 걸어오는 모든 존재와 대화하기 위해 나서서 글을 쓰기 시작하였습니다. 초 중 고 시절에 상당히 많은 습작을 하였으나 남아 있는 게 별로 없고, 군 생활과 대학 시절에는 명상 쪽에 관심을 두어 나름대로 수련을 하여 온 우주가 내안에서 생멸함을 느끼는 등 체험도 많았으나 기록함에는 소홀하였습니다. 지금부터라도 존재들과의 대화를 기록하는데 더욱 매진해야겠다는 생각을 해 봅니다.

　이제 그동안의 글들을 모아 책으로 내어 놓으면서, 나와 대화하던 모든 존재 우주 자연 사랑하는 사람들에게 다시 한 번 감사의 말씀을 전합니다.

2024년 3월

세계문학예술작가협회 발전분과위원장
시인 유제화

1부

2부

3부

4부

1부

눈사람
노오란 은행잎을 바라보며
나의 보물창고
  - 사촌형의 서가
구부러진 길
나는 그대를
  - 이백의 '달 아래 혼술 月下獨酌'에 답함.
그대 오시는가
경옥이의 중딩 친구이며 광선이의 군 생활
  당시 연인이었던 열아홉 소녀에게 바침
그대 관악에 오름은
가을이 오면
우리 집 이발관

눈사람

당신 향한 내 마음
구름 되어 하늘을 떠돌다가

눈 되어 저리도
퍼얼 펄
땅으로 땅으로
내려옵니다

나는 눈송이들을
모아 모아서
내 안에 집어넣었습니다

이제 나는
눈사람이 되었습니다
다른 것들은 모두 사라지고
눈송이들만 가득 찬
눈사람이 되었습니다

노오란 은행잎을 바라보며

11월 그 어느 날
한 팔들을 서로의 허리에 두른 채로
우리는 그 길을 걸었다

하늘에서는
노오란 은행잎들이
함박눈처럼
우리 머리 우에 내렸다

그녀는 소리쳤다
"야아! 은행잎이 눈처럼 내린다아."

그녀는
손을 뻗어
내리는 은행잎 하나 집어
나에게 주며 말했다
"잘 간직해."

오늘 떨어지는 은행잎 바라보매

그대의 맑은 목소리 들리는 듯하고
그대의 따뜻한 손 잡히는 듯하고
그대의 이쁜 미소가 눈앞에 있는 듯 하건만

잃어버린 그때의 은행잎처럼
그대는 내 곁에 없구나

아아
어느 하늘 아래선가
그대도 나처럼 은행잎을 보고 있을까?

나의 보물창고
- 사촌형의 서가

중학교 1학년 때
사촌 형이 초등학교 선생님이 되셨다

할아버지 할머니 온 식구
좋아하셨다

곧 이어 나에게
하늘에서 보물창고 내려왔으니

형님께서
한국문학전집 세계문학전집을
서가에 채우셨다

그 보물창고에서
차례차례 책 한권씩 들고
내방으로 오는 그 순간은
행복 그 자체였다

책 안에서
나는
아름다운 사람들을 껴안고
꿈같은 이야기들을 느꼈으니

그때야말로
제일로 돌아가고 싶은 어린 시절이다

14

구부러진 길

구부러진 길이 나는 좋다
모퉁이 돌아가면
그리운 친구들 사는 저 동네
구름 아래 아늑히 앉아 있다

구부러진 길이 나는 좋다
오르막길 올라
산꼭대기에 다다르면
바다에는 섬들이 점점이 떠 있고
내 친구 사는 동네
조용히 앉아 있다

나는 구부러진 길이 좋다
조잘조잘 개울 건너
저수지 둑길 지나면
내 사랑하는 친구 사는 동네
다소곳이 앉아 있다

나는 구부러진 길이 좋다
골목길 굽이 돌고
동네 동네 몇 굽이 돌아가면
아아
우리의 사랑하는 집
고흥서교가 있다

나는 그대를
     – 이백의 '달아래 혼술 月下獨酌'에 답함.

내가 그대 이름을 불렀을 때
그대는 나에게로 와서
황금잔에 넘치는
향기로운 술이 되었다

내 향기로운 술에는
나의 사랑하는 시인
이태백 있으니
한 손에는 술잔
한 손에는 붓이로다

내 향기로운 술에는
요염한 눈빛
선녀 항아 있으니
날 보며
손짓하고 있도다

내 향기로운 술에는
내 아름다운 친구
그대 있으니
잔 들어
날 부르고 있도다

내 향기로운 술에는
눈부신 저 달
사뿐히 내려 앉아
하얀 얼굴
미소 짓고 있도다

이제 나는
황금 술잔 높이 들어

그대를 마신다

태백을 마신다

항아를 마신다

저 달을 마신다

저 은하보다 더 어여쁜 그대여

그대 오시는가

오늘 그대 오시는가
저 산 깊은 계곡 함박눈 높이 쌓여
다시 녹음이 몇 번이던가

오늘 그대 오시는가
앞산 산등성이에 진달래 철쭉
피었다 짐이 몇 해이던가

오늘 그대 오시는가
고즈넉한 동네 골목길에
속살보다 하이얀 목련꽃
피었다 스러짐이 몇 번이던가

마침내 오늘 아침
소나기 천둥 번개 되어 내리더니
비 그친 뒤 서산마루에
곱디고운 무지개 한 자락

그리하여 마침내
오늘 그대 오시는가

경옥이의 중딩 친구이며 광선이의 군 생활
당시 연인이었던 열아홉 소녀에게 바침

화병에 꽂힌 국화는
그대 머릿결로부터
향기를 부여받았다

창가의 낙엽은
그대의 호흡으로 인해
뜰에 뒹굴고 있다

문득 신문에서 본
정겨운 이름은
그대 예쁜 눈으로부터 빛나고 있다

아아
깊어가는 가을밤에
노래하나니
세월과 희망과
꿈과 행복을

그대
아리따운 열아홉
소녀야

그대 관악에 오름은

오늘 그대 관악에 오름은
아름다운 과거를 회상하기 위함이 아니다

오늘 그대 관악에 오름은
찬란한 미래를 설계하기 위함도 아니다

오늘 그대 관악에 오름은
지금 이 순간 여기에서
바로 그대가 행복 자체임을 알기 위함이다

오늘 그대 관악에 오름은
지금 이 순간 여기에서
바로 그대가 기쁨자체임을 느끼기 위함이다

지금 이 순간 여기에서
그대는 아름다운 저 꽃보다 더 아름답다

지금 이 순간 여기에서
그대는 빛나는 별들보다 더 빛나고 있다

지금 이 순간 여기에서
그대는 작렬하는 태양보다 더 강렬하게 폭발
하고 있다

그대의 몸 육십조 세포 하나하나
산소를 연료삼아 매순간 폭발하고 있다

폭발하는 모든 세포의 진정한 주인이며
죽을래야 죽을 수 없는 불멸의 영혼이며
영원한 의식인 그대여

그대는 행복 자체이며
그대는 기쁨 자체이니

그대여
지금 이 순간을 찬양하라

가을이 오면

가을이 오면
내 가슴 한가운데
한줄기 갈대
자라납니다

빨갛게 익어가는 능금 버려두고
한줄기 갈대 자리함은
불어오는 바람에
춤추기 위함입니다

누렇게 익어가는 나락 버려두고
한줄기 갈대 자라남은
쏟아지는 달빛에
하얗게 빛나기 위함입니다

노오란 은행잎 버려두고
한줄기 갈대 자리함은
푸른 하늘 흰 구름 속으로
그대 부르기 위함입니다

아아
가을이 오매
내 가슴에 한줄기 갈대 자라남은
그대를 향한 내 노래
끝나지 않았기 때문입니다

－ 1969년 6학년 2반 『학급문예지』 수록 작품
(담임 유중연 선생님, 2021년 추석에 시골집에서
사진첩 정리 중 발견)

우리 집 이발관

우리 집 이발관 작은 이발관
이발기밖에 없는 작은 이발관

이발사는 아버지
손님은 나와 동생뿐
한 달에 한 번씩 손님들 오죠

이발기가 낡아서 머리를 찝으니까
무척 아파요
그렇지만 눈을 꼭 감고 참지요

우리 집 이발관 작은 이발관
나와 동생만 이용하는 작은 이발관

2부

모닥불

타들어가는 모닥불 가에서
여름밤은 또 그렇게

바로
우리의 사랑이었다

목련꽃에게

목련꽃에게
누가 말했나
그대를
'못 이룬 사랑'이라고

아니다 아니다
그대는 이미 큰사랑을 완성하였으니

그대 온 우주를 향하여
활짝 피어나
하늘 가득히
그 아름다운 빛을 나누어 주고 있다

그대는 이미
불같은 사랑을 완성하였으니
그대 찬란한 사랑을
온 땅에 나누어주고 있다

그대는 이미
어여쁜 사랑을 완성하였으니
나에게
바로 나에게
그대를 찬미하도록
행복한 눈을 주었다

목련꽃에게2

일 년 삼백육십오일

나는 너를 기다린다

무제

친구들이여
뽀빠이를 먹고
외출을 가자

진로를 제치고
잔디위에 누우면

흘러가는
조각구름이 있고

잃어버린
우리들의
유년시절이 있다
.
.

  - 1975년 학교 기숙사에서 시화전이 있었어요.
그때 본 시 중에서 유제화님의 시 구절을 아직도
외우고 있습니다. 금오1기 박경옥-

문학을 사랑하던 소녀의 열정

문학에 대한 열정을 회고하는
그대의 글을 보니

'소녀'를 '소년'으로
한 글자만 바꾸면

바로 나의 삶이니

애잔하고 쓰리면서도
달콤하고 감미롭던

아름답고도 폭풍 같았던
청춘시절이

새삼 나의 가슴을 울립니다

아아
이런 순간에
무엇을 할 수 있을까요

잠자리 한 마리 푸른 하늘을 날아갑니다

봄비

님이여

오늘
구름이 봄비 되어
촉촉이 내리고 있습니다

어느 구름이
멀리서 님을 보았을까요?

어느 구름이
님의 손짓을 알아챘을까요?

어느 구름이
님의 눈빛을 느꼈을까요?

어느 구름이
님께서 부르는 소리 들었을까요?

어느 구름이
님의 미소를 품었을까요?

저 구름은
저리도 행복에 겨워
무너지고 있건만

님은 어디서
저 봄비 보고 계신가요?
님은 어디서
저 빗소리 듣고 계신가요?

봄비 2

이 봄
이 밤을
적시는 그대여

무슨 사연
그리 많기에
저 들판을 적시는가?

무슨 가슴
그리도 애절하기에
저 허공을 수놓는가?

무슨 사랑
그리도 말 못했기에
저 창문을 두드리는가?

아아
오늘
깊은 밤에
나를 부르는 봄비여

봄비는 한 많은 여인

오늘 내리는 비는 봄비입니다

내가 사랑하는 목련 이파리들도
친구가 자랑하는 진해 벚꽃들도

오늘은 견디기 힘들 것 같아요

봄비는 한 많은 여인

그대 가장 아름답게 빛날 때
그대 끌어안고
땅바닥에 떨어집니다

그대 아름다운 꽃송이들
오늘 비에는 못 버틸 것 같군요

비오는 날

봄비가
촉촉하게 내리는 아침이네요

봄비사이로

노오란 우산을 쓴
님께서
날 찾아오시는
꿈을 꾸었어요

빗소리

빗소리는 항상

나를

머언 본향으로

데려가

우주 끝에

둔다

비원秘苑

비원
이제 그 이름
버려야 한다고
함부로 말하지 마라

그곳은 내 청춘의 한 모퉁이

열아홉 소년
커다란 바위
가슴속 부여안고
차가운 겨울바람 벗 삼아
스산한 걸음걸음
이끌던 곳이다

그곳은
내 마음
스스로
비밀의 정원으로 향하던 곳

그곳에서 나는
내 열망과
내 슬픔과
내 그리움과
함께 걸었다

그곳에서 나는
내 흰 구름과
내 눈보라와
내 태양과
함께 노닐었다

아마도 나는
옛적에
고뇌 한 짐 짊어지고
이곳을 거닐던
조선의 왕이었을 것이다

  – 내 청춘의 한 모퉁이 – 1976년 1월

삼월의 노래

그날
입학식이 열리던
그 운동장엔
사나운
봄바람이 불었다

한순간
세찬 한줄기 삭풍에
교기는 쓰러져
땅바닥에 나뒹굴었다

그날의 그 바람은
그대들 앞날이
모진 고난의 길임을
미리 알림이었다

이제는 돌아서서
보라
그대들 걸어온 길을

눈보라치던 그 길을
휘몰아치던 폭풍우 길을

그대들
이 모든 길
꿋꿋하게 헤쳐 왔으니

40

이제
새봄을 맞으라
아름다운 꽃을 피우라

어여쁜 그대들이여

– 그날 1976년 3월 3일 –

소쇄원에 오르다 登瀟灑園

누구는 산책한다는 소쇄원을
나는 오늘 힘들게 올랐다

내가 이 길을 힘들게 오름은
정암 조광조를 생각함이며
대동법 시행에 2백년간 힘쓴
이이 김육 등을 떠올림이다

제월당 대청에 올라
눈을 들어 바라보니

광풍각과 시원하게 흐르는 계류가
발아래 펼쳐지지만

더욱 아름답게 보이는 것은
저 대나무 숲과
그 건너 드리워진 창암촌 들판이라

귀양지 능주에서 사약을 받은
스승 조광조를 기리는
원림이라 한다면

맑고 瀟 깨끗한 灑
이곳에 은거함이
정녕 정암의 뜻에 부합하는 일일까

저 창암촌 들판에서 김매는
백성들의 민생을 돌봄이
그 스승을 따르는 길이 아닐까

오늘도 하늘에는
흰 구름 무심히 흐르고
대숲을 가르는 바람소리가
내 가슴을 두드린다

서울역

서울역
시계탑 밑

옛적에는
그리운 이를
기다리던 곳

오늘은
보고 싶은 고운님을
만났으니

저 건너 남산에는
철쭉이 지천으로 피었다

3부

승인 친구의 붓 글 '눈꽃'에 답함
시월 어느 날 숲으로 가다
오늘 꽃비가 내리는 까닭은
오방떡
우리는 돌을, 도道를 닦았었지
외할무이 그리고 어무이
우리는 가을을 차마 보내지 못합니다
은행잎
윤중로를 걸으며
일산 오케이목장에서 한잔하고 있는
동찬 친구에게
장미
장미2
헤이리에는 바람이 불더라
흰 눈이 내리면
흰 구름 한 조각 보시거든

승인 친구의 붓 글 '눈꽃'에 답함

그대 붓 글 속에는
함박눈이 소복이 내리는도다

외갓집 가는 길
엄마 손잡고 가는 오솔길에도
저리도 하이얀 눈 내려오더라

엄마 이고 있는 떡 광주리에도
내 머리 위에도
함박눈
소리 없이 내려오더라

시월 어느 날 숲으로 가다

여름날의 기개를 간직한 나뭇잎은
아직도 푸르른 기억 속에 살고

낮게 드리운 구름은
무거운 하늘을 짊어지고 있다

오늘 나는 친구들과 함께
숲으로 간다

숲속 바위에는
오래된 이끼들이 있다
검푸른 이끼 속에는
우리들 어린 시절 도란도란 나누던
이야기들 녹아있다

숲속 나무들 사이에는
부러진 고목들도 있다
그 고목나무 위에서
문득
저세상으로 먼저 간 친구들의 미소가 보인다

그 미소는 말한다
친구들아 반갑다
우리는 잘 지내고 있다
너희들도 이 숲속 나무들처럼
싱싱하게 살아다오

또 숲속에는
나뭇잎 사이로 보이는
하늘이 손짓을 한다

하늘 한 조각이 말한다
친구들아
오늘 내 모습이 회색빛이어도
나는 품고 있단다

시리도록 푸른 내 모습도
달빛 호젓한 그리움도
작열하는 태양도

오늘 나는 친구들과
숲속을 걸었다

오늘 꽃비가 내리는 까닭은

오늘 관악산 둘레 길을 걷는 우리
눈을 들어 하늘을 보니
붉은색 하얀색 벚꽃
흐드러지게 피어 있네요

순간
님께서 보낸 한 줄기 바람에
꽃잎은 꽃비 되어
온 산을 수놓고 있어요

오늘 꽃비가 내리는 까닭은
며칠 전 님과
강남역 4거리를 걸을 때
님께서 살며시 내 손을
잡아주었기 때문이어요

오늘 꽃비가 저리도 이쁘게
내리는 까닭은
우리 헤어질 때
버스 안에 앉은 님께서
환하게 웃으시며
나에게 손을 흔들어 주었기 때문이어요

오늘 꽃비가 저리도 이쁘게
내리는 까닭은
우리 헤어질 때
버스 안에 앉은 님께서
환하게 웃으시며
나에게 손을 흔들어 주었기 때문이어요

오늘 꽃비가 저리도 가슴 시리게
내리는 까닭은
지난달 극장 안에서
님께서 나에게 살짝이
뽀뽀해주었기 때문이어요

오방떡

오늘처럼 긴 외투 걸쳐 입고
집을 나선 날에는

님과 함께 팔짱 끼고
명동 거리를 걷고 싶다

그 언저리에 있는
오방떡 파는 집에 들러

오방떡 한입씩 입에 물고
서로 마주보며 웃다가

하늘도 한번 바라보고 싶다

이미 거기에는 눈님이
우리를 향하여 내려오고 있을 것이다

한때 은행잎 가득하던 거리에는
함박눈 소복이 쌓이고 있을 것이다

오늘따라 내님의 눈빛은
더욱 영롱하게 빛나고 있을 것이다

우리는 돌을, 도道를 닦았었지

푹치기 푹찹 푹찹찹
푹치기 푹찹 푹찹찹
우리는 돌을 닦았었지

시냇가에서도, 지리산 꼭대기에서도
청담동에서도, 강촌에서도
청평 호수에서도
사가발 노트 놓여진 써클 룸에서도
우리는 열심히 닦았었지

그 '돌을'
지금은 어디에서 찾을까

하늘을 보니
흰 구름 유유히 흐르고
바다를 보니
거센 파도 세상과 놀고 있구나!

들판에는
아름다운 꽃 자신의 미모를
자랑하고 있지만

그중 가장 어여쁜 것은
그대 가슴속에 피어나는
사랑이로다

외할무이 그리고 어무이

어릴 적 외갓집 가서
외할무이께 큰절하고 나면

할무이는 만면에 미소를 띄고는
말도 없이
'아이고 이쁜 내 새끼' 하는 표정으로
나를 그윽히 보고 계신다

나도
내가 너무 좋아하는 할무이를
빤히 바라보고 있다

그냥
나는 행복하다

온 우주는
할무이와 나 사이에서
조용하다

반시간이나 그러고 있으면
동네 놀러갔던 외사촌들이 들어와서
날 데리고 나가 이것저것 구경시켜 준다

중학교 졸업 후에
쭉 객지 생활을 하게 된 나는
고향집에 돌아와 어무이를 보면
외할무이 얼굴을 보는 것만 같다

  '왔냐?'
한마디만 하시고는
말없이 미소 짓는 얼굴로
아들을 그윽히 바라보기만 하신다

군대로
학교로
다시 집을 떠날 때는
동네 어귀에 서서
솔개를 돌아 저 멀리 아들이 보이지 않을
때까지
쳐다보시던 어무이

외할무이 어무이
두 분이 너무 그립다
보고 싶다

우리는 가을을 차마 보내지 못합니다

길 위에 누운 은행잎이
미화원의 수고로
비닐봉지에 들어가더라도
우리는 차마 가을을 보내지 못합니다

다만
우리는 첫눈이 펄펄 내리는
겨울을 또 기다릴 뿐입니다

그날이 오면
우리는
벙어리장갑 끼고
눈싸움을 해야겠습니다

하늘에서
하염없이 내리는 눈송이들은
가을의 그 은행잎들이
흰색 화장을 하고 내려옴이겠지요

은행잎

건널목에서 신호 대기 중
내 핸드폰 위로 떨어진 은행잎

그녀의 마음이 보내준 걸까?

책갈피에 넣어 놔야지

윤중로를 걸으며

친구여
꽃 소식은 들었는가

윤중로에 늘어선 왕벚꽃 나무들이
연지곤지 찍고
우리를 기다리는 것을

그러나 어제는
세찬 비바람 불었으니
꽃잎은 빗물 되어 흘러내리고
빗물은 꽃잎 되어 땅으로 떨어져 내렸었다

이제 오늘
우리 손잡고
윤중로를 걷노라

눈을 들어 위를 보니
함박눈처럼 빛나는 벚꽃들이
하늘을 데리고 소풍 나왔고

눈을 내려 길을 보니
벚꽃 이파리들이 조용히 드러누워 있다

걸음걸음마다 우리의 이야기는
구월의 능금처럼 익어가나니

친구여
하늘을 호령하는
저 벚꽃이 아름답기도 하지만

길 위에 고즈넉하게 누운
이 꽃 이파리들도
또한 사랑스럽지 아니한가

일산 오케이목장에서 한잔하고 있는
동찬 친구에게

오늘의 술은 삼겹살 상추 쌈장이요
막걸리!

오늘의 안주는 지붕을 두드리는
저 빗소리!

오늘의 보물은 그대들의 웃음소리!

오늘의 천국은 일산 성사동 125-3 !

장미

당신이 내 가슴에 심어준
당신의 눈썹 하나가
무럭무럭 커서 자라더니
저리도 붉게 타오르고 있습니다

아아
너무나도 많은 불면의 밤에
흘린 눈물들이 쌓여
뾰쪽한 가시를 키웠습니다

　- 1976년 여름 고3 때 썼음. 시화전에 출품했던
실물 작품을 김규락친구가 보관하고 있어서 몇 년 전
알게 되었음. -

장미2

너를 보고만 있어도

나는 구름 위에 오른다

헤이리에는 바람이 불더라

헤이리에는 바람이 불더라
바람에 흔들리는 코스모스
나에게 묻더라

자네 고향은 어디인가

헤이리에는 바람이 불더라
향기로운 내음 날리는 국화
나에게 묻더라

자네 도반은 누구인가

헤이리에는 바람이 불더라
동그라미 맴도는 잠자리
나에게 묻더라

태어나기 전 자네는 누구인가

헤이리에는 바람이 불더라
서산마루 일곱색깔 무지개
나에게 묻더라

이 모든 것 보고 있는
자네는 누구인가

흰 눈이 내리면

오늘처럼 흰 눈이 내리면
나는 그대들의 웃음소리를 듣는다

머언 산과 깊은 호수
그리고 산등성이에 서서
들판을 바라보는 사슴에게서
그대들의 명랑한 웃음소리를 듣는다

오늘처럼 흰 눈이 내리는 날이면
나는 그대들의 미소를 본다

저 하늘에 가득한 눈구름과
고요한 강물에서도

책가방을 메고 하교하는
어린 아이의 얼굴에서도
환하게 피어나는
아름다운 미소를 본다

이렇게 흰 눈이 내리는 날이면
나는 그대들의 가슴에서 피어나는
사랑을 본다

방한모 둘러쓴
군밤장수의 가슴에서
엉금엉금 기어가는 시내버스 안의
이웃들에게서

창가에 서서 거리거리 내리는
눈발을 음미하는 그대 가슴에서
아련하게 피어나는 사랑을 본다

흰 구름 한 조각 보시거든

오늘따라
하늘이
시리도록 푸르릅니다

동산너머
오래된 소나무 사이로
어여쁜 흰 구름 한 조각
한가로이 떠있어요

저 흰 구름에
내 마음을 실어
님 계신
그곳으로 보내오니

님 계신 곳
동쪽 하늘에
흰 구름 한 조각 보시거든

나를 본 듯
어여삐 보아주세요

4부

'문학사상'을 겨드랑이에 끼고

고교시절 강완모 조택윤과 함께
금오문학회 만들어서 시를 쓰기도 했던
그 때, 이어령 교수가 주간을 맡은 월간
문학잡지 '문학사상'을 늘 겨드랑이에 끼고
다니던 일이 생각납니다

버스 기다리던 시골 차부 대합실에서, 방학을
맞아 고향 가는 기차 안에서도, 틈이 나면
열심히 보던 그 장면이 또 그 읽었던 내용이
지금도 떠오릅니다

도서관에서 이어령 문학평론집 '흙속에
저 바람 속에'를 읽으며 사색에 잠기기도
했고, 1974년 8월에는 신석정 서거 특집호에
소개된 석정 시인의 '아직 촛불을 켤 때가
아닙니다.'를 읽고 느꼈던 깊은 가슴떨림이
아직도 기억납니다

이어령 교수가 90세를 일기로 돌아가셨다는
뉴스를 듣고, 봄을 재촉하는 저녁비가 내리는
소리를 들으며 잠시 상념에 잠겨 봅니다

동지 죽

해마다 12월 22일이 되면 생각나는 일

국민핵교 4학년 때인가?
선생님께서 시험 채점 같이 하자고
남으라캐서
시험 채점을 다 하고 학교를 나서니
친구들은 다들 집에 가고 아무도 없었다
눈이 내리고 있었고 운동장에는 제법 쌓여
있었다

호서마을 앞을 지날 때는 비가 오기
시작하였다
비를 후즐근히 맞고 솔개를 막 돌아선께로
어무이가 거그까지 우산을 들고 마중오셨다

내가 쪼그맣고 삐쩍 말라서 그랬을까
어무이는 나를 업고 집에까지 갔고
나는 얼른 옷을 갈아입었다

방바닥에 앉아
어무이와 같이 하얀 새알을 만들었다
어무이는 가마솥 빨간 팥 국물에 새알을 넣고
저어 가면서 죽을 끓이셨다

팥죽이 보글보글 끓을 때
달콤한 팥 냄새가 내 코를 찔렀다
후 불어가며
그때 묵었던 동지 죽은
참말로 맛있었다

업혀가는 나를 본 친구가 있었고
친구들은 한참동안 나를 놀려 묵었다

근디
나도 우리 딸을 4학년 때까지 맨날 업고
댕겼다

여름이 오면

친구야
우리 동기는 360명이었지
이번에 졸업 40주년을 맞이하여
책을 한권 만들기로 했다네
이미 글을 써서 제출한 친구들도 많지
글 주제는 말 그대로 자유라네
책 크기가
국판이 될지 4.6 배판이 될지 모르겠지만
한 사람당
2페이지에서 4페이지가 될 것 같네
내년 봄이면 나온다고 하네

여름이 오면 나는
이 책과 돗자리를 들고
시원한 나무그늘로 갈 것이야
그곳에서 나는 이 책을 베고
낮잠을 한숨 잘까 하네
이 책과 함께 잠들었다가 큰 하품하며
깨어나면
그때 이 책을 펼쳐 볼 거야
친구들 냄새나는 책장 넘기며
한나절을 보낼거네

생각해 보게
359명 글은 모두 채워져 있고
자네 페이지만 비어 있다면
내 마음이 얼마나 쓸쓸하겠나
더구나
고인이 된 친구들도
부인이나 자녀의 글을 받기로 했거든

그러니 부디 밴드 들어와서
다만 몇 줄이라도
자네 흔적을 남겨 주기 바라네

  - 고딩 친구들에게 금오 졸업 40주년 기념문집
글쓰기를 권유함 -

내 고향 간천艮川마을

내 고향
고흥읍 호동리 간천마을

그곳에는 웃첨도 있었고 아랫첨도 있었다
동네 한가운데 동각이 있었고
샘뚱(공동우물 겸 마을마당)도 있었고
우리집 옆에는 꾸렁도 있었다

국민핵교 4학년때
밤 아홉시쯤 샘뚱에서 놀다가
그날 돌아가신 중구 할무이 혼불이
파란 색깔을 띠며 동산 쪽으로 하늘을
날아가는 것도 보았다

간천艮川마을
거기에는
호산을 향해 한참 올라가야 하는
새따꿀 재가 있었고
더 가면 하내 할무이 산소 있는 중등이 있고
아담한 고인돌이 두 개 있는
번데기 재도 있었다
재를 지나 밑으로 내려가면
부진데이도 있었다

배나무골 물난골 홍골도 있었고
바닷가에는 석찌도 조금노리도 있었다

동네 북쪽에 청룡이라고 부르는
조그만 산이 있는데
바다에서 바라보면 동네 왼쪽에 있으니
좌청룡이다 (지도에는 고봉산)
동산洞山이라고도 하였으니
국어사전에 나온 대로
동네 부근에 있는 낮은 산이요
아이들이 뛰어 노는 동산童山이었다
가우(추석)에는
두심이 오빠를 비롯한 동네 청년들이
동산 큰 소나무에 줄을 매달아
하늘로 날아갈 듯 그네를 타면
감히 타볼 생각도 못하고
입을 쩍 벌리고 구경만 하였었다

그 동산에서 내려다보이는 고흥만 바다는
너무나 아름다웠다

바다에서 동네를 바라보면
우리 집 바로 뒤쪽
동네 오른쪽에 호산虎山이 있으니
우백호다 (지도에는 옥녀봉)
호랑이는 두 발을 서쪽 바다와 남쪽 동네들을
향해 두고
늠름하게 앉아 있으니
서쪽으로는 고흥만 바다를

남쪽으로는 호동(댕펜) 호서(새펜)
그리고 고흥서교를 바라보고 있다

중1 여름방학 때
번데기 부근에서 풀나무를 하고
고인돌 부근에서 놀다
새따꿀 지나 바다가 보이는 언덕에 다다랐을
때
해는 반쯤 바다 건너
금호마을 뒷산에 걸렸고
고흥만 바다와 온 하늘이
너무나도 선명하게 온통
붉은 물이 들어 있어
멍하니 서서 나도 석양이 되어
갈 길을 잃어버린 적도 있었다

석양에 흠뻑 취해 집에 돌아오면
어무이가 끓여주신
폴죽(여름에 먹는 팥칼국수)은
꿀맛이었다

우주의 노래

바다가 노래하니
산이 춤을 추도다

구름이 흩어지니
달이 드러났도다

　－ 1987. 08. 15.
　신림9동
　영타운분식에서

하내(할아버지)가 보낸 청사請辭
–(아들 결혼을 청하는 글)

어무이를 새따꿀재 올라가는
유자밭에 모시고 내려왔다

옷을 다 찾아서 태우라는 고모 말씀을 따라
여기저기 정리하다 보니
어무이(신부덕申芙德)가
시집올 때 가져온 장롱 안에서
한문 두루마리가 노끈에 묶여서 발견되었다

1953년 계사년에
하내(유중정柳重正)께서 외하내한테 보낸
"청혼장"이었다

아부지(유우석柳于錫)는 너무나 감격에 겨워
"이걸 내가 수십 년 동안 찾았는데 이제야
나왔구나!" 하며 기뻐하셨다

하내의 붓글씨는 내가 보기에도
힘이 있으면서도 품격이 느껴졌다

1930년대 고흥 유씨 족보 보첩 때도
50대 60대 학자들이 참가한 보첩단에
유일하게 하내만 20대 참가자였다고 한다

고흥향교에서 하내들끼리 혼인을 결정하였고
결혼식 당일에야 신부 얼굴을 본 아부지는
평소에 '중매결혼도 좋은 것이다.' 라는
지론을 펴시곤 했다

하기사 아부지 어무이는
끔찍이도 부부 사이가 좋았다
어무이가 마지막에 입원한
고흥병원장 내 친구도
"자네 아버님 부인 사랑은 정말 지극하시네.
나 처음 봤네." 하였으니까

이제 그 청사를 보고 눈물 흘리는 아부지를
보면서 나는 그저 어무이 치마를 붙잡고 따라
다니던 어린 시절이 생각날 뿐이다

황학루와 무한단상 武漢斷想

무한시는 1949년에 세 도시를 합병하여
탄생하였다
무창武昌 한구漢口 한양漢陽 그 세 도시이다
한강이 흐른다

한반도에 이 지명 한양 한강을 언제부터
사용하였을까?

최 호 崔 顥(704-754)의 시
 '황학루에 오르다 登黃鶴樓'에 보면
청천역력한양수 淸川歷歷漢陽樹
 '한강수 맑은 물에 한양 숲이 또렷이
어린다.'라는 표현이 있다

재미있는 것은 이 한양
즉, 무한이 대구시와 자매결연 도시가 되었고
각 분야에서 많은 교류가 있었다고 한다
최근에는 대구시가 무한에 마스크를
기증하기도 하였다

신천지교 일당도 잠입 활동하던 중
코로나19를 대구에 수입 전파한 것 같다

   - 2020년 3월

<수필>
친일재산 국유화
처음 본 영화는 '흙'
시냇물과 갯벌
국가원수 명칭에 대하여
촌놈은 서울을 좋아해

<꽁트>
면접 보러 가는 아이들

<단편소설>
부상副賞

<공동체 대한민국에 보내는 글>
- 2024 헌법 개정(안)

<수필 1>

친일재산 국유화

나치 압제 하에서 4년간 억압받던 프랑스가 해방되자 영국에서 귀국한 드골장군이 맨 처음 한 일은 나치부역자 1만 명을 총살에 처한 것이다. 물론 전 재산 몰수하였고.

대한민국은 어떠한가?
이승만을 비롯한 친일세력들이 김구 여운형 등을 암살하고 반민특위를 파괴하여 친일역적들을 한명도 처단하지 못하였으니 참으로 통탄할 일이다.

지금 와서 부관참시를 할 수도 없으니...

2005년 국회를 통과하여 시행중인 '친일재산환수법'을 개정하여, 대한민국도 민족문제연구소 발행 친일인명사전에 등재된 칠천여명 친일 역적들 후손의 모든 재산은 국가에서 몰수하여 국유화해야 한다.
(지금은 개인명의의 부동산만 환수가능.)

이런 조치를 통하여 김성수 방응모 홍진기의 조선 동아 중앙 국유화하고, 고려대 이화여대 상명대 등 친일사학을 국립대로 전환하여야 한다.

남이섬 스위스그랜드호텔 등 법인명의로 숨긴 재산을 국유화해야 한다.

　물론 국립묘지를 더럽히고 있는 왜구들 파내야 하고,
반민특위를 파괴하고, 친일파를 중용하고
625나자 '수도 사수하겠다.'고 방송하고는
밤중에 대구로 도망간 이승만, 한강대교 폭파한
이승만도 파내야 한다.

　전국에 있는 친일 부역자의 비석 동상 안내판
등에는 동일한 크기로 바로 옆에 안내판 등을
만들어서 친일 행위를 표기해야 한다.

　왜구 안익태가 만든 애국가 새로 만들어야
(안창호 선생이 만든 가사는 그대로 사용) 한다.
　교과서에는 친일 분자들이 만든 문학작품 노래
그림 등을 모두 삭제해야 한다. 이순신 장군
초상화 등도 친일 분자들이 그린 것은 폐기
하여야 한다.
　사학계 미술계 음악계 등에 포진한 일제
부역자의 제자 손제자 증손제자 등은 모두
교직에서 추방하여야 한다.

처음 본 영화는 '흙'

초등학교 2학년 때 고흥읍에 '고흥극장'이
개관하였다.
할무이께서는 장에 갔다 와서 "읍에 큰 집이
생겼다. 극장이란다."라고 말씀하셨다.

언제나 구경할 수 있을까 고대하던 있었는데
3학년 때 드디어 단체관람.
2열 종대로 줄지어 화지기 재를 넘어 읍으로
향하였다. 늦은 봄이라 상당히 더웠지만 처음
보는 영화라 우리는 너무도 신이 나서 짝궁과
재잘거리면서 고갯길을 넘고 있었다.

행정구역은 고흥읍이지만 화지기 재로 가로막혀
깡촌인 8개 마을과 고흥서초등학교는 읍에서
6킬로미터나 떨어져 있었고, 전기 들어온 건
1972년 중3 때였다.

당시 화지기 재를 넘어가는데 읍쪽에서 한복을
이쁘게 차려 입은 아줌마가 넘어오고 있었다. 그
아줌마와 인솔 선생님은 너무나 반갑게 인사를
하고, 우리를 세워 놓고는 한참 대화를 나누셨다.

"먼 영화다요?" "'흙'입니다."

아마도 그 아줌마가 물어봤기 때문에 내가 그 영화 제목을 아직도 기억하고 있을 것이다.

그 아줌마는 또 말하였다.

"아마도 이광수 소설을 영화로 만든 거겠죠?"

중학생 시절 사촌 형 서가에서 가져온 한국문학전집 세계문학전집을 열심히 읽을 때, 이광수의 [흙]도 읽은 건 기억나지만 내용은 잘 기억나지 않는다. 심훈 [상록수]랑 비슷한 내용이었나?

어쨌든 그 아줌마는 그 부근에서 유일한 술집이자 바닷가 외딴 주막집의 주인이었고 어린 생각에도 저 선생님이 그 집의 큰 고객인가? 그런 생각이 들었다.

5학년 쯤 되었을 때는 설날 세뱃돈을 모아서 동무들끼리 영화도 보러 갔다. '외팔이 시리즈'를 몇 개 본 것 같다.

악당에게 온 식구가 죽임을 당하고 주인공은 겨우 살아남았지만 팔 하나는 없어진 상태.

그러나 피나는 수련으로 무술의 고수가 되어 눈 덮인 산에서 원수를 만나 처절하게 복수를 하는,,,

아무튼 그때는 너무너무 재미있었다.

중학교에서는 단체관람으로 엄앵란 주연 <유관순>, 문희 주연 <미워도

다시 한 번>, 김희갑 주연 <팔도강산> 등을
보았고, 영화 시작 전 월남전소식도 20분 정도
방영하였다.

　극장 안에서, 읍내 고흥동초등학교 졸업한
애들이 고흥여중 여학생을 소개해주기도 했으나
너무나 열로와서(부끄러워서) 아무 말도 못한
건 물론이고 영화 시작 전까지 끝끝내 고개를 푹
숙이고는 극장 바닥만 쳐다보고(내려다보고)
있었다.

<수필 3>

시냇물과 갯벌

1. 시냇물에 대하여

서울대학교 관악 캠퍼스 정문에서 똑바로
한참을 가다 보면, 왼편에 법학관과 자하연으로
갈 수 있는 오르막길이 있다. 지금은 주차장이
되어버렸지만 1983년께까지는 200m쯤
시냇물이 흐르고 있었다. ―어느 날 시멘트
바닥으로 복개되기 전까지는.

필자는 그 시냇물 가로 난 길로 등하교하기를
좋아했다. 봄이면 그곳에는 겨우내 얼었던 얼음
사이로 힘차게 흘러나오는 시냇물이 있었고,
파릇파릇 움을 틔우는 온갖 풀들이 있었다.
여름이면 냇가에 늘어선 키 큰 플라타너스
나무들의 무성한 나뭇잎들을 비추면서 시냇물도
생명을 노래하였다. ― 그런데 복개 공사 중에 그
나무들도 다 잘려 나가고 말았다.
또한 시냇물은 가을에는 붉게 물든 나뭇잎이
떨어져 흘러내리도록 도와주었고, 겨울이 오면
군데군데 흰 눈을 이고 정적과 고요 속에 사색할
줄도 알았었다.

그 시냇물, 그 옆에 줄지어 서 있던 플라타너스
나무들, 이것들을 꼭 잘라내 버리고 덮어 버려야

했을까?

얼마 전 한 연구에 의하면 지구상의 자연이 인류에게 주는 혜택이 33조 달러(?)라던가? 그 연구에 자연 – 시냇물, 나무 등으로부터 얻는 서정, 영감, 시심 詩心 – 등도 계산되었는지 모르겠다.

우리 사회는 아직도 자연을 깎아 내고 덮어 버리면서 시멘트로 덧칠을 해대는 개발 위주 사고방식 – '회색빛을 숭배하는 종교' 수준이라고나 할까? – 에 젖어서, 멋없고 여유라고는 찾아볼 수 없는 개발이 이루어지고 있다. 특히 시냇물의 무분별한 복개는 이제 그만 두어야 한다. 모든 시냇물들은 그대로 두어야 하고 가능한 한 복개했던 것들도 되살려야 한다. 지금 청계천 위 고가도로가 수리중이라고 하는데 청계천로까지 아예 철거하고 그야말로 '맑은 계곡 시냇물' 즉 '청계천'을 살려냈으면 한다.

그리하여 오늘을 살아가는 우리 한국인들도 본래의 깨끗한 심성을 회복하여, 모든 것을 밝은 햇빛 아래 공개할 수 있어야 한다. 그리하여 우리 한국 사회와 한국인들이 구린 곳이 없는, 썩은 냄새 풍기는 '떡값'과 비밀하수구에 버리는 '공해물질'도 즉시 발견될 수 있는, 그러한 사회와 사람들이 될 수 있을 것이다.

2. 갯벌에 대하여

 필자의 고향은 전남 고흥의 바닷가이다. 그곳
고흥만 에서는 지금 간척공사가 한창이고 호수
같은 그 바다는 막혀버리고 말았다.
 그곳에는 바위에 부서지는 파도가 있었고,
구름과 바람, 쏟아지는 비, 펄펄 내리는 눈과
더불어 노래하는 바닷물이 있었다.
 햇볕이 쨍쨍 내리 쬐는 날에는 매 시간마다
얼굴이 바뀌는 바닷물은 석양이 서산으로
넘어갈 때쯤이면 수줍은 처녀의 얼굴이
되었었다.
 달빛 쏟아지는 바닷가에는 갈대밭도 있었고
고깃배를 타고 바다를 달릴 때는 마을과
산들과 함께 바다는 한편의 시詩였다.

 더구나 썰물이 빠져나간 갯벌은 꼬막 조개 굴
등의 해산물들이 우리 마을 사람들의 중요한
수입원이었다.
 해양수산개발원장 '조왕제' 님의 지적대로
(서울경제신문 1997. 05. 10.) 갯벌의
생산성은 간척지의 쌀 생산과 비교하여
3.3배나 높다고 한다.
 지금 우리 마을 부녀자들은 그 갯벌을
빼앗겨서 - 그곳에서 얻은 수입으로 자식들을
대학까지 보냈다. - 봉고차를 타고 먼
동네까지 가서 마늘 까는 일 등에 잡역부로
나간다고 한다.

도대체 누구를 위한 간척인가?
(공무원 친구의 말을 빌리면
농어촌진흥기금에 돈이 남아 있고 지자체
등에서 강력히 원하기 때문에 간척사업을
계속하고 있다고 한다.)

이제 이런 무식한(?) 또 무익한 간척사업은
제발 중지되었으면 한다. 국민들은 엄청난
손해를 보고 단지 관료들과 토건업자만 배를
채우고 있다.
시골 부모님의 표현대로 하면 '10분지
1'로 줄어든 수입의 감소가 가장 큰
문제이지만, 그 '달빛 가득한 바다'도
소중한 것이 아니겠는가?

– 서울대학교 상과대학 동창회보
'향상의 탑' 통권77호
1997년 여름호 게재

(2005년 10월 1일 청계천은 복원되었다.)

<수필 4>

국가원수 명칭에 대하여

1. 주석主席은 대한민국 꺼다.

1940년부터 1947년까지 대한민국 임시정부 주석은 김구 선생이었다.
행정부 수반이면서 국가를 대표하는 국가원수 명칭으로 "주석"을 역사상 처음으로 사용한 것은 바로 대한민국인 것이다.
또 우리 헌법 전문에도 현재의 대한민국이 임시정부의 법통을 이어 받았다고 분명히 밝히고 있다. 중화민국의 장개석은 총통이었고 모택동 김일성 호지명 등은 1949년 이후에 주석이 되었다.

2. 대통령?

중국 드라마를 많이 본 사람들은 알 것이다. 통령統領은 왕궁 담장의 8개 혹은 16개 대문 중 하나를 수비하는 장교의 계급이다. 굳이 비교하자면 지금의 소령 정도 인바 거기에 대大 붙여 놓고 국가원수라는 건 좀 이상하다.
조선에서는 조운선 몇 척을 관리하는 관료가 통령이었다. 근대에 와서는 로마의 집정관, 나폴레옹 정부의 수반을 칭하는 용어로

번역되기도 하였다.
아마도 대한민국 임시정부 초대 대통령 이승만이
도입한 용어로 보이는데 뭔가 잘 맞지 않는
어휘다.
　　그 후 이승만은 공금횡령과 독단적
정부운영으로 탄핵 당한다. 이에 대한민국
임시정부는 국가원수 명칭 대통령 용어를
폐기하고 국무령 등을 사용하다가 주석으로
　정하여 1940년부터 1947년까지 사용하였다.

3. 앞으로 헌법(기본법) 개정할 때 국가원수
명칭을 대한민국이 지적재산권 가진 주석으로
바꿔야 한다.

<수필 5>

촌놈은 서울을 좋아해

1. 내 별명은 3개

어릴 적 내 별명은 세 개였다.
비쩍 말랐다는 의미에서 생강장시
마늘장시(서울말로 장수)가 하나요, 입술이
'신익희' 선생 닮았다고 시니끼(나한테는
이렇게 들렸다)가 두 번째요, 여든 살
먹은 영감이 속에 들어앉아 있다는 뜻으로
야든이(서울말로는 여든이)가 세 번째이다.
우리 집 바로 옆에는 할아버지 할머니와
큰아버지 큰어머니사촌형들 사는 큰 집이
있었다. 그 옆에는 작은 할아버지 할머니 큰
당숙 숙모 사는 작은 집이 있었고, 그 아래는
작은 당숙 숙모 사는 당숙 집이 있었다. 이
모든 분들이 내 친구(?)였고 나를 너무들
사랑해주셨고 이 집들이 모두 내 놀이터였다.
큰아버지는 연, 썰매, 팽이 등을 만들어주셨고,
특히 당숙들은 내 이름은 거의 안 부르고
별명으로 항상 불러주셨다. 이를테면 "야든아!
어디 갔다 오냐?" 하고

2. 내 고향은 고흥 깡촌

중3(1972년) 가을에야 전기가 들어온

94

곳이었다. (고흥 유柳씨만 사는 집성촌이었고
'유관순' 열사, '유인석' 의병장, 어우야담
쓴 '유몽인' 정도가 고흥 유씨 유명인.)

   고흥에서 초등학교 저학년 다닐 때는 진짜로
서울에는 모든 도로가 황금으로 포장되어 있는
줄 알았다. 엄마 아빠는 서울에서 살지, 왜 이런
촌구석에다 나를 낳아 놓은 거냐고 불만이었다.

   고흥중학교 입학하여 첫 시험에서 전 과목 모두
100점을 맞고 한 과목은 2점짜리 한 문제만
틀려 평균 99.9가 나와서 고흥중 27년 역사상
처음 성적이라고 난리가 났었다. (그때까지는
전 학년 1등 점수가 주로 88점에서 92점
사이였다고 함)
   이때부터 고흥천재라고 불리게 되었는데,
(박경옥이 자꾸 이 단어를 쓰기에 고흥에 아는
사람이 있는 줄 알았음)
 어느 날 짝꿍 고범용에게
   "사람들이 자꾸 날보고 천재라는데 나는 수재
정도지 천재되려면 김시습 최남선 정도 되어야
하는 거 아냐?" 했더니
   그 친구 왈
   "너 천재 맞거든. 너에 대해 어떻게 소문 난지
아냐? 늬가 새벽 두시에 공동묘지 가서 해골 물
마신다더라."
   "맙소사! 내가 무슨 원효대사인가?"
   어쨌든 고흥중학교 졸업할 때까지 공부 좀
잘한다는 이유로 아주 왕자님 대접 받으며

살았다. 한국문학전집 세계문학전집 등 읽으면서
상상의 나래를 펼쳤다.

3. 드디어 서울 입성

금오 2학년말 군대 5년 복무가 확정되었다.
내가 왜 고교 졸업 후 바로 군대 가야되는지
그것도 5년씩이나? 나는 도저히 받아들일 수
없었다. 3학년 시작되는 2월말 학교 간다고
집을 나서서 서울 고모 집(당시 이문동)으로
도망하여, 검정고시 학원 등록하여 공부하고
있었다.
그런데 3월 20일쯤 아버지한테 검거되어
구미로 압송, 무기정학 처분. 한 달 동안 본관
4층 도서관에서 하루 종일 반성문을 썼다.

4. 두 번째 서울 입성

1976년 2월 20일이 졸업식인데 2월 1일부터
학교 오란다. 일단 1월에 서울로 갔다.
이번에는 비원(지금은 창덕궁) 앞 와룡동에
하숙방 얻어서 아침에는 비원 산책(그땐
무료개방), 낮에는 광화문 지금 포시즌 호텔
건너 풀잎문화센터 자리에 있는 '엘리트
외국어학원'에 등록하여 스크린영어 한 강좌
때리고는 재상영관 다니며 추억의 명화를
보면서 소일하였다. 화신백화점 5층에 있는
종로극장에서 '대장 부리바' 영화 볼 때는
주기철과 마주치기도 하였다. 2월 20일 새벽에

금오 기숙사에 도착하여 졸업식 참석하였다.

5. 세 번째는 성공?

졸업식 후 일주일을 집에서 먹고 자고, 뒹굴다가 2월 26일 부산 반여동 병기학교에 입소하였다. 5월 김해 공병학교에 배치되어 근무 중 12월 17일부로 서울 독산동에 위치한 창설부대인 육본직할 도하단으로 전출명령을 받았다.

나는 속으로 "아싸! 서울 간다." 했다. 동기 여섯 명과 환송모임을 하고 부대로 들어오는데 이충렬이 나를 껴안으면서,

"제화야, 정말로, 진짜, 미안하다." 이랬다.

너무도 진지하고 심각한 표정이었다.

"왜? 무슨 일이야?"

"사실 내가 전출명령 받았는데 죽어도 못 가겠다 했더니 늬가 가게 됐다."

"괜찮아."

"아냐, 진짜 미안하다."

나는 서울 가게 되어 너무 좋다고 차마 말하지는 못하였다.

그리하여 고흥 깡촌 촌놈은 1976년 12월부터 꿈에 그리던 서울에서 살게 되었다.

– 금오공고 1기 졸업 40주년 문집
'농담濃淡과 여백餘白' 게재

<꽁트>

면접 보러 가는 아이들

1973년 1월 어느 날이다.

아부지와 함께 아침 일찍 집을 나섰다. 한 시간 반쯤 걸어서 고흥 차부(요새는 터미널이라고 하지만 '차부'가 더 정감 있는 말이다.)에 도착하였다. 거기서 버스타고 두 시간 넘게 달려 벌교 역에서 부산 쪽으로 가는 완행열차를 탔다. 생전 처음으로 타보는 기차였다.

아마도 순천역에서 김중수 정병찬 등 순천 친구들이 기차를 탔을 것이다.

다행히 자리는 잡았다. 그런데 건너편 자리에서 어떤 신혼부부와 신랑친구들이 댓 명이 왁자지껄 떠들고 있었다. 신랑 친구들이 신부를 많이 놀려댔으나 신부는 가볍게 미소만 지을 뿐 조용히 앉아 있었다. 내가 보기에는 신부가 너무 이뻤다. 나는 그녀가 하늘에서 내려온 선녀가 틀림없다고 생각하였다. 나는 소설책에 나오는 이쁜 여자들을 떠올리면서 그 여자들도 저렇게 생겼을 것이 분명하다 라고 생각하며 넋을 잃고 쳐다보고 있었다.

진주 부근이었을까 갑자기 쾅 소리가 나더니 끼익 기차가 멈추었다. 창밖을 보니 맙소사!

우리기차가 건널목을 건너던 어떤 버스를 받아버린 것이었다. 피를 흘리며 사람들이 여기저기 쓰러져 있고, 심지어 어떤 엄마가 쓰러져 있는데 세 살쯤 되어 보이는 아기가 엄마를 부르며 울고 있었다. 사람들은 나가서 그들을 도와야 하는지 생각으로만 우왕좌왕 하고 있었고 열차승무원들은 승객들이 못 내리게 막고 있었다. 곧 경찰관들이 왔고 다친 사람들을 차에 싣고 급히 떠났다. 기차는 바로 출발하였다.

나는 사고당한 그 불쌍한 사람들을 곧 잊어먹었다. 창밖에서 일어난 어떤 비현실적인 영화장면인 것처럼 현실에서 일어난 사건이라고 실감하지 못하였다.

나는 다시 그 신부를 쳐다보다가 삼랑진역에 내렸다. 하룻밤 자고 구미로 올라가는 기차를 타야 되었기에 역 가까운 여인숙에 들어갔다. 거기에서 순천역에서 승차한 김중수 정병찬 등 친구들과 "금오 면접 가느냐?" 물어보고 서로 소개하고 나서 바로 친구사이가 되었다.

아침에 일어나 마당에서 세수를 하고 얼굴 닦고 있는데 중수가 내 어깨를 툭 치더니 "세수하고 나니 이뻐졌네?" 하면서 나를 놀렸다. 우리는 그전부터 알고 지내던 친구들처럼 재잘거리면서 경부선 완행열차를 탔다.

구미에 도착하니 또 어둑어둑 저녁이 되었고
구미읍 신평동 이장님의 지휘아래 하룻밤
재워주고 밥도 차려주실 동네 가정집으로
흩어졌다.

　다음날 면접시험 후 합격한 우리들은 3년간
기숙사 생활을 했다.
　1,2학년 여름방학에는 32,39사단에서 2주간씩
군사훈련을 했다.
　5년간 군 생활하고, 제대 후 학교로 직장으로
다니며 몹시 분주했다.

　중수는 육군병기학교 교육 중 미국유학생
선발시험에 합격하여 유학 후 군 생활 계속하다
준위로 제대하였다. 고흥군 두원면으로 귀촌하여
농사도 짓고 있다.

　1973년 1월 면접 보러 가던 그때 일은 지금도
하나의 단편영화처럼 내 머리 속에서 생생하게
되살아나곤 한다.

<단편소설>

부상副賞

　새복 다섯 시 뱍에 안됐는디, 먼 날만 되면
시작되는 아부지 잔소리가 온 집안을 쩌렁쩌렁
울렸다.
　"얼렁얼렁 인나서(일어나서) 준비하고
나가그라. 시방 몇 신디 당아(아직도) 자빠져
자고 있냐?"

　'오마 참말로 화지기재 지각(재각齋閣
: 운곡사雲谷祠)에서 일곱 시에 만내기로
했는디?'

　잠은 달아났고 나는 인나서, 세수하고 밥 묵고
나설 준비를 했다.
　"긴장하지 말고 시간 배분을 잘하고..."
　등등 아부지의 일장 연설이 시작되려 하자,
어무이가 만면에 웃음을 띄고 내 손을 잡으며
언제나처럼 딱 한 마디 하셨다.
　"영님해라(잘 해라) 이이."

　봄비가 가볍게 내리고 있었고, 안개는 들판과
산허리를 감싸고 있었다.
　어무이는 마을회관 앞에 서서 내가 안 보일
때까지 날 쳐다보고 계셨다.

돌깨 솔개를 지나 연진이네 방앗간과 호동
점빵도 지나 지각에 도착하자, 담임 유중연
선생님 말씀대로 이재월 선생님이 나를
지둘리고 있었다.

 나는 속으로
 '아따 부지런도 하네. 약속시간 30분 전에
오셨구만.' 하였다.
근데 가이내(여학생) 두 명이 더 있어서 나는
깜짝 놀랐다.
 나랑 같은 6학년인 옥희는 글짓기 경시에
나가고, 3학년인 교장 선생님 딸은 그림그리기
경시대회에 간다고 했다.

 네 명 일행은 읍에 있는 고흥동국민학교를
향해 출발하였다.
 나는 한 학년 가이내가 있응께로
열로와서(부끄러워서) 암말도 못하고 입 꾹
다물고 따라가고 있었다.
 이재월 선생, 옥희, 교장딸 이렇게 세 사람은
나란히 걸어가면서 재잘재잘 도란도란
키득거리며 즐겁게 걸어가고 있었다.

 드디어 고흥동국민학교에 도착하였다.
 고흥군 교육청 관계자들의 안내로 고흥군
학력 경시대회 교실에 들어가니 내가 제일
먼저 입장하게 되었다.
 책상 위에는 참가번호와 학교 이름이
써있었는데,

1번은 고흥동 송담숙
2번은 고흥서 유제화
이렇게 되어 있었고, 모두 50명 정도 되는 것
같았다.
　'고흥군에 국민학교가 이렇게 많응가?'
　'동교는 가이내가 1등인 모양이네?'
　이런 생각들을 하면서 앉아 있으니, 조그만
키에 까무잡잡한 가이내가 여유 있는 표정으로
감독관 선생님들과 웃으며 인사말을 나누고
들어와 1번 자리에 앉았다.

　여덟시에 시작한 시험은 오후 두 시에
끝났다.
　고흥동국민학교는 건물 외형은 우리
고흥서국민학교 보다 좋은 것 같았지만 교실
안이나 화장실은 우리 학교랑 똑같았다.

　교실을 나서니 아침에 같이 왔던 일행은
보이지 않았다.
　당연히 그림 그리기나 글짓기는 진작에
끝났겠지 생각하면서도 약간 허전한 느낌이
들었다.
　교문을 향하여 걸어가고 있는데 이재월
선생이 헐레벌떡 뛰어오고 있었다.

　여럿이 우루루 걸어가고 있었고 그 중에
내가 키도 쬐깐하고 그래서 날 잘 못 찾는 것
같아서,
　"선생님." 하고 불렀다.

"시험 잘 봤냐?"

"예. 뭐 그럭저럭."

그런데 이재월 선생은 뭔가 급한 일이 있는 것처럼 허둥대더니 교문 앞 과일가게에서 사과 한 개를 사서 나에게 주었다.

"난 약속이 좀 있다. 늬는 집으로 가거라."

"예..."

'나름 멋 부리는 총각 선생이니 아마도 어떤 아가씨와 만나겠지.'

이렇게 생각하였다.

사과는 맛이 좋았다.

근데 간천마을 집에 까지 한 시간을 걸어오니 배가 고팠다.

"어무이 밥 좀 주씨요." 했더니

"시방 세 신디 선생님이 밥도 안 사 주드냐?"

하시며 점심을 차려 주셨다.

그날 일은 다 잊어 묵고 평범한 날들이 지나갔다.

근데 한 달 뒤쯤에 뜻밖의 소식이 들렸다.

내가 1등을 했다는 것이다.

쪼끔 신기한 느낌이 들었다.

나를 비롯한 학생들은 별 느낌이 없었는데 두 집단은 상당히 흥분하였다.

선생님들 한 쪽,

아부지와 하내(할아버지) 한 쪽.

우선 선생님들 집단은
전교생 모아놓고, 고흥군 교육감 명의의
상장을 교장 선생님께서 대독 수여하시고는,
상장을 다시 달라고 하며 회수하였다.
　그리고는 모든 선생님들이
　"장하다. 잘했다. 고흥군에서 1등...
훌륭하다."
　등 극진한 칭찬을 하며 머리를 쓰다듬어
주셨다.
　그날 이재월 선생도 마주쳤는데,
화지기재에서 동교까지 안내해주신 분이라
반갑게 인사하였지만 나를 보자 얼굴이
빨개져서 고개를 숙이고 지나가 버렸다.
　나는 생각하기를 '참 구여운 선생님이네...'
하였다.

　나는 '교육감 상에 부상副賞은 없나?
만년필이나 아무 책이라도 좀 주지...' 라고
생각했다.
　만년필은 갖고 싶었는데 아부지가 안 사
주셨고, 책은 뭐든 읽고 싶은데 책이 없어서,
학교에 있는 '어깨동무' 잡지도 보고,
하석이 집에 가서 하석이 형님께서 사 놓은
'여원' 잡지도 보고 그랬다.
　심지어 우리 집과 하내 집 사이에 있는
빈집에 들어가서 벽에 도배된 옛날 잡지를
읽기도 했다.
　책에 대한 갈증은 그로부터 1년 후에야
풀렸으니 사촌 형님이 국민학교 선생님이

되셔서 한국문학전집 세계문학전집을
하내 집에 들여 놓아서 아주 즐겁게
해결되었다.

　또 한 집단은 아부지와 하내이다.
　하내도 아주 좋아하셨고, 평소 무뚝뚝한
아부지가 다정한 목소리로 "잘했다.
고생했다." 해서 놀랐다.
　그럴 수밖에 없는 것이 나는 몸이 약해서
꼭 1년에 한번씩 감기를 심하게 앓았는데
그때마다 이틀 정도 결석을 하곤 했다.
　그때마다 아부지는,
　"저 저 으젓짠한 것. 학생이 학교를 가야제
어째 그라고 둔너(누워) 자빠졌냐? 얼렁
인나서 학교 안 가고 멋하고 있냐?" 이랬다.
　어무이가
　"왜 그라요 잔. 애기가 아퍼서 그란디..."
　이런 식이었고... 1등하라고 귀가 닳도록
얘기해서 1등한 성적표를 갖다 드려도 한번 쓱
보고는
　"알았다."
　하는 양반이라 이번에 일어난 일은 조금
신기하였다.

　2년 뒤 고흥중학교 2학년 때야 알게 되었다.
　아부지가 고흥동국민학교와 고흥중학교에서
계속 전교 1등 했다는 걸. 그전에는 아무도
얘기해 주지 않아서 몰랐던 것이다.

그런데 이때부터 상장 시달림이 시작되었다.
 당장 상장 받은 그날 집에 가자마자
아부지께서 말씀하시기를
 "상장 어딨냐? 얼렁 주라."
 "선생님께서 도로 달라고 해서 드렸는디요."
 "그래. 낼 꼭 찾어 온나."
 "예."
 다음날 종례 시간에 담임 유중연 선생님께
 "아부지가 상장 찾어 오라는디요." 했더니,
 "교감 선생님께서 갖고 계시는데 모래
줄께." 그러셨다.
 집에 가서 그대로 보고하니
 "그라먼 모래 꼭 찾어 온나." 하셨다.
 모래가 되니 선생님께서
 "내일 줄께." 또 그러셨다.
 그 다음 날에는,
 "주번 선생님께 받아 가그라." 하셨고,
 그 다음 날에는 주번 선생님도
 "내일 줄게." 또 그러셨다.

 나는 두 집단에 시달리는 게 화가 났다.
 아침에 또 아부지가
 "오늘은 꼭 상장 받어 온나." 하시길래
 "그놈의 종우때가리(종이쪼가리) 상장이
머인디 이 난리다요? 교육감이 나한테 준
것인디 나는 필요없응께 찾어 오라 그란 소리
하지 마씨요." 하고 대들었다.
 "머시라고야? 아부지는 꼭 그 상장이 있어야
쓰겄다." 하셨고, 결국 어무이가 날 끌고 뒤 안

107

으로 가서 한참 나를 달래주셔서 나는 겨우
참고 학교에 갔다.

  종례를 마치고 동무들은 모두 집으로 가고
나만 무다이(괜히) 학교 운동장을 한 바꾸
돌고 나서 주번 선생님을 만나러 갔다.

  아뿔싸
  나는 깜짝 놀라고 말았다.
  문은 활짝 열려 있었다.
  그런데 교실 안에서는 의자에 앉은 유부남
선생님과 무릎을 바닥에 댄 처녀 선생님
둘이서
  "선생님 사랑해요."
  하면서 열정적으로 격렬한 키스를 나누고
있었다.
  그냥 키스만이 아니고 서로 온 몸을 쓰다듬고
어루만지며...

  나는 그대로 얼음이 되어 버렸다.
  어떻게 해야 되는지 도저히 생각이 나지
않았다.
  머릿속이 하얘지고 너무 당황이 되었다.
  나는 한참을 쩔쩔매고 있다가 겨우 한다는 게
  "선생님."
  하고 소리내어 부르는 것이었다.

  결국 나는 방해꾼이 되고 만 것이다.
  그냥 가만히 있었으면... 어떻게 되었을까?

지금까지도 그때 일이 가끔 떠오를 때면 나도 모르게 미소를 지으면서 궁금해지곤 한다.

며칠 지나고 생각해보니 이 '구경'이 만년필이나 책 대신에 나에게 주어진 부상인가 싶었다.

구경 부상 사건이 지나가고 보름 뒤 쯤, 결국 하내께서는 선생님들 희망대로 학교 선생님들 전부 우리 집보다 넓은 하내 집으로 초대하여 한턱 거하게 대접하셨다.

그날은 선생님들 오신께로 집에 있으라는 아부지 말씀에 집에서 '어깨동무' 잡지를 보고 있는데, 문밖에서
   "제화야."
   하는 다정하고 귀에 익은 목소리가 들려 나가 보니 4학년 때 담임 김병문 선생님이 계셨다.
   날 굉장히 이뻐하신 분인데, 그날도 많은 칭찬과 좋은 말씀을 해 주셨다.

이날 교장 선생님께서 상장을 하내께 드렸고, 할무이 큰 어무이 당숙모들까지 음식 준비하느라고 고생이 아주 많으셨다.

아폴로11호가 달에 착륙하는 7월을 향하여, 우리의 6학년 여름은 그렇게 익어가고 있었다.

공동체 대한민국에 보내는 글
– 2024 헌법 개정(안)

(제1차 시안임. 7차까지 수정 보완 예정)

전문

현행:
4.19민주이념. 8차에 걸쳐. 1987년 10월 29일.
개정(안):
4.19 및 5.18 민주이념. 9차에 걸쳐. 2024년 월 일

제4조
국가는 모든 지역에서 국회의원 선거를 실시하여
통일을 완성한다. 통일 전 외국과의 조약 등은 계속
유효하다.

제7조
③선출직 공무원의 임기는 4년으로 하며, 같은
자리에 연속 두 번 당선된 자는 세 번째 선거에는
입후보할 수 없다.
④법원장, 경찰청장 등도 공직선거로 선출할 수
있다.
⑤공직선거 후보자를 선출하고자 하는 정당은 그
선거구에 거주하는 당원의 보통 평등 직접 비밀
투표로 후보자를 결정해야 하고, 그 과정 및 결과를

당해 선거구의 당원 대표가
선거관리위원회에 보고해야 한다. 정당 대표의
직인이나 서명은 대통령과 비례대표 입후보
신청서에만 기입한다. 전자투표도 가능하다.
대통령 및 비례대표 국회의원 선거는 전국이 한
선거구이다. 비례대표 선출할 때도 각 당원이
1인 1표로 투표하여 득표순위에 따라 후보자를
결정하여야 한다. 당내 경선에서 탈락한 자는
무소속이나 다른 당 후보로 입후보 할 수 없다.
⑥정당의 이름은 세 글자로 하여야 하고 마지막
글자는 "당"으로 해야 한다. 국회의원 총선거에서
의석을 얻지 못한 정당은 즉시 해산한다. 해산
30일 이내 해산 전과 같은 대표자가 창당 절차에
들어가면 그 전 이름 사용에 대한 우선권을 가진다.
광역자치단체 별로 각 5백명 당원으로 3개의 시 도
당을 창당하면 중앙당을 창당할 수 있다.
⑦민족문제연구소 발행 친일인명사전에 등재된
자의 후손은 2145년까지 공직선거에 입후보할 수
없다.

제9조
①친일인명사전에 등록된 자 혹은 친일분자로
밝혀진 자가 만든 문학 미술 음악 등 작품은 교과서
수록, 전시, 시설물 설치, 공연 등을 할 수 없다.
비교 등 특별한 목적으로 전시, 기념물 설치 등이
필요한 경우에는 반민족 이력을 반드시 표시하여야
한다. 현존하는 모든 동상, 기념시설물 등에도
반민족 이력 표지판을 다른 표지판과 같은 크기로
설치해야 한다.

②방송 광고 상품설명 저작 등 모든 문자생활은
한글 아라비아 숫자 공용부호로만 가능하다.
외국어는 괄호 안에 혹은 가로 세로 0.9이하의
크기로 병기 가능하다. 상표, 학술논문 등은 예외로
하되 한 면에 상표만 표기할 수 없다. 수입 물품도
동일하다. 위반한 자에게는 법률에 정한 빌금을
부과하며 6개월 내 바로잡지 아니한 경우는
생산 유통 배포 등을 금지하고 옥외 광고판 등은
철거한다.

제11조
②또한 심신미약자 또는 주취자라는 이유로 감형
등의 특권을 부여할 수 없다.
④국립묘지의 1인당 매장 면적은 예외 없이
1제곱미터로 한다. 친일인명사전에 등재된 자와
친일분자로 밝혀진 자는 매장할 수 없으며 기
매장자는 파묘하여야 한다.

제12조
현행: ③검사의 신청
개정(안): ③수사관의 신청

제13조
②단 친일인명사전에 등록된 자와 그 후손이
소유한 학교 언론 단체 기업 부동산 주식 등
모든 재산은 국가가 몰수한다. 단체 기업 등은
그 자체를 몰수한다. 몰수재산은 행정부 내
국유재산관리청에서 관리한다.

제16조
현행: 검사의 신청
개정(안): 수사관의 신청

제23조
④전 국민의 복리를 위하여 지하자원 매장이
밝혀진 토지는 국유지로 전환되며 보상은 매장이
밝혀지기 전 시가의 10배 이내로 한다.
⑤국가는 전 국토면적의 70%가 국유지가 될
때까지 땅을 사 들여야 하며 국유지를 민간에
매도하는 행위는 금지한다.

제27조
①대법원장은 법관 및 직원 채용, 시설의 확충 등을
통하여 이 권리를 보장하여야 한다.

제31조
의무교육은 유아학교 초등학교 중학교 고등학교 및
유아학교 초등학교의 방과 후 교실을 포함한다.
유아학교 초등학교 중학교 고등학교 학생은 학교
외 사교육을 금지한다. 사교육은 부모와 법적
보호자만 가능하다. 단 음악 마술 체육 과목과
일반과목의 온라인 교육은 교육지원청의 허가를
득하여 사교육이 가능하다. 온라인 교육 희망자는
제한 없이 수강할 수 있어야 하고 수강료는 허가를
받아야 한다.

제32조
①근로 시간은 일주일 5일 이내 하루 8시간,

1주일 40시간 이내 근무함이 원칙이며 초과근무를
포함해도 1주일 48시간을 초과할 수 없다.
하루 8시간 중 1시간은 식사 및 휴식 시간으로
제공하여야 한다. 8시간 이내 근로 계약을 할
경우에도 이 비율을 적용한다. 초과근무는 하루
4시간이내 일주일 8시간이내 가능하며 초과근무
수당을 지급하여야 한다. 군인 등 특수직의 경우는
따로 법률로 정한다.
②개인사업자 등의 형태로 근무하더라도 고용주나
경영자로부터 업무지시를 받고 일하는 경우는
업무지시한 회사의 근로자로 본다.
③모든 근로자는 정규직이다. 용역직 파견직
계약직 등 비정규직 명칭의 사용과 제도 도입은
금지한다. 이러한 비정규직 제도를 도입 사용하는
고용주 경영자 등은 10년 이상의 징역형에
처한다. 추가하여 이 헌법 규정을 위반한 고용주나
경영자에게는 근로자 1인당 10억원의 벌금을
부과한다.
⑦국가는 젊은이들이 자발적으로 기꺼이 아기를
낳을 수 있도록 정의롭고 편안하고 안전하고
희망찬 사회를 만들어야 한다. 따라서 주택 교육
노동환경 의료환경 등을 계속하여 개선해 나가야
한다. 또한 모든 근로자에게 남녀를 불문하고 출산
시 1년 이상의 전액 유급 출산휴가를 보장하여야
한다. 영세기업 등은 고용보험 등으로 국가가
지원한다.

제34조
④군인연금 공무원연금 교원공제 사학연금 등은

기존 납부한 금액 기준으로 국민연금에 통합한다.
국민연금 건강보험 고용보험 등은 각 관리주체에서
세금 납부액을 기준으로 계산한 총액을 청구하면
재정에서 일괄 지급한다. 개인별 내역은 우편
및 전자우편으로 통보한다. 국민연금 지급액은
세금 납부액에 비례하되 2030년 기준으로 최하
월 1백만 원 최고 월 5백만 원을 수령하도록
설계한다.

제35조
①국가는 강과 바다를 자연 그대로 보존하여야
한다. 공공장소에 설치하는 쓰레기통은 투명한
재질을 사용하여야 한다.
③국가는 주택부를 두어, 폐교 부지 등 국유지에
영구임대 공공리츠 등 다양한 임대주택을 매년
1백만 호 순증 공급하여야 한다. 2050년 이후에는
법률로 정한다.
④2028년 1월 1일부터 모든 주택은 준공검사필
및 등기부등본 등재 후에 매매할 수 있다.
⑤모든 부동산 임대차 계약은 부동산 등기부등본
을구에 그 계약 내용을 등재하여야 그 효력이
발생한다,
⑥원칙적으로 주택 임대사업은 국가 등 공공기관과
은행만 영위하며, 개인은 4채 이내만 가능하고
신고하여야 한다. 다가구주택은 1채로 간주한다.
전국 읍면동 사무소와 은행 각 지점에는 주택 임대
창구를 두어야 한다.
⑦외국인의 부동산 소유는 금지한다. 50년 이내의
임대만 가능하다.

제38조
월세 소득자, 행상 등 소규모 사업자도 모두 사업자등록을 하여야 한다. 개인 혹은 사업자가 세금을 납부한 사실로 관련된 불법행위가 면책되지 아니한다.

제40조
헌법과 법률에 반하여 시행령 등을 만들거나 운용하는 대통령과 국무위원 등에 대하여 국회는 즉시 탄핵 절차를 개시하여야 하고 고위공직자 범죄수사처는 즉각 수사하여야 한다.

제41조
현행:
②국회의원의 수는 200인 이상으로 한다.
개정(안)
②지역구 국회의원의 수는 총인구 나누기 20만으로 하며 비례대표 국회의원의 수는 지역구 의원 수의 20%로 하고 소수점 이하는 버린다. 정당은 반드시 지역구 후보자의 20% 이상, 30% 이하의 비례대표 후보자를 내야 하며 이를 지키지 못하면 그 정당의 모든 입후보는 무효가 된다.

제42조
현행:
국회의원의 임기는 4년으로 한다.
개정(안):
①국회의장 소속하에 감사원을 둔다.
②감사원은 세입 세출의 결산을 매년 검사하여

대통령과 국회에 보고한다. 또한 국가와 법률이
정한 단체의 회계검사와 행정기관 및 공무원의
직무에 관한 감찰을 시행한다.
③감사원은 13인 이하의 감사위원으로 구성하며
원장은 위원회에서 호선하여 국회의 동의를 얻어
결정한다. 감사위원은 대통령 3인, 국회 5인,
시민단체연합회 5인 지명으로 결정한다.
④위원의 임기는 4년이다.

제53조
현행: ④3분의 2
개정(안): ④5분의 3

제59조
국가 및 모든 예산 사용 단위는 국제회계기준에
준하는 결산을 실시하여야 한다. 경비는 지출한
금액을 불문하고 사용처, 지출장소, 참석자 등을
자세히 기재하여야 한다.

제70조
현행:
대통령의 임기는 5년으로하며 중임할 수 없다.

제85조
전직 대통령의 묘지는 각자의 기념도서관에
설치함을 원칙으로 하며 국가는 비용을 지원할 수
있다.

제89조

현행:
09. 사면 감형과 복권
16. 검찰총장

제96조
통일부와 행정안전부를 통합하여 통일부를 둔다.
법무부와 법제처를 통합하여 법무부를 둔다.
한국토지주택공사의 주택부문은 주택부로,
토지부문은 국토부로 통합한다.
예산재정부 인사혁신부 국토부 교통부 주택부
보건부 인구복지부 과학기술부 정보통신부 등
부처를 둔다.
정부나 공기업 등의 조직변화나 업무 재배정 등이
있을 경우 대통령은 인력을 재배치할 수 있다.

제4관
현행: 감사원
개정(안): 수사 및 기소

제97조
현행: ...대통령 소속하에 감사원을 둔다.
개정(안):
①수사는 고위공직자 범죄수사처, 국유재산관리청,
경찰 등 법률에 의해 수사권을 가진 수사관이
실행한다.
②압수수색 등 영장 청구 및 발부 과정은 법률에
자세히 규정하여야 하며 대면 심사 과정을
포함하여야 한다. 각종 영장은 수사관이 법원에
청구하며 법관은 수사대상자에 대한 인권침해가

발생하지 않도록 신중하게 심사하여 영장을
발부하여야 한다.
③고위공직자 범죄수사처는 3백 명 이상의
수사관을 두며. 일부는 변호사를 선발할 수 있다.
국가는 독립된 수사기관이 필요할 시는 법률을
통하여 상시적으로 혹은 개별적으로 특별수사관을
둘 수 있다.
④수사 결과는 당해 기초자치단체 행정구역 내에
있는 기소관에게 송부한다.

제98조
현행: ...구성한다.
개정(안):
①기소는 기소관이 담당한다.
②기소관은 법무부 기소국장이 변호사 자격을 가진
자 중에서 선발한다.
③기소사무소는 각 기초 자치단체 별로 경찰서
인근에 설치한다.
④기소관은 기소사무소 외 부처나 공관 등에
파견할 수 없다.

제99조
현행: ...보고하여야 한다,
개정(안):
①고위공직자 범죄수사처 경찰 등 모든 수사
기관은 수사권만 가지며 기소관은 기소권만
가진다.
②수사관과 기소관은 기소요청권과
재수사요구권을 가지며 상호 동등한 입장에서 건의

제보 등으로 서로 협조하여야 한다.

③기소관은 기소시 수사관의 수사 결과 전부와 수사관의 기소에 대한 의견을 법원에 제출하여야 한다.

④수사 및 기소 자료는 피해자 요청 시 즉시 사본을 발부하여야 한다. 가해자 요청은 수사상황에 따라 거부할 수 있다.

⑤수사기관과 기소사무소는 일반시민으로 구성된 수사위원회 및 기소위원회를 두어 주요 사건에 대한 수사여부 및 기소여부를 심의 받을 수 있다.

⑥국가는 증인보호제도를 실시해야 한다.

제100조

현행: ...법률로 정한다.

개정(안):

기소관은 기소 업무의 대표자이며 수사관, 기소위원회, 사건피해자, 일반시민 모두가 법원에 기소 의견을 제출할 수 있다.

제101조

현행: ③법관의 자격은 법률로 정한다.

개정(안):

③대법원장은 변호사 경력 10년 이상인 자와 기소관 5년 변호사 5년 경력자 중에서 필기 및 면접시험을 통하여 법관을 선발한다.

제102조

①또한 교정처를 두고 교정업무 전체를 담당한다. 사형선고 수형자에 대하여는 1개월 단위로 국민

누구나 개인 자격으로 대법원장에게 집행 연기를
청원할 수 있다. 대법원장이 청원을 받아들이지
않은 사형선고 수형자는 15일 이내에 사형에
처한다.
③각급 재판부는 법률이 정하는 바에 따라
배심원단을 둘 수 있다.

제104조
현행: ...대통령이 임명한다.
개정(안):
①대법원장은 대법관 회의에서 호선, 국회의
동의를 얻어 결정한다.
②대법관은 대법원장이 3인 대통령이 3인
국회에서 9인을 제청하여 국회의 동의를 얻어
대법원장이 임명한다.

제108조
대법원에 경매처를 두고 모든 법원 경매를 온라인
전자경매로 진행한다. 법원도서관은 학생증
주민등록증 등을 소지한 모든 국민에게 개방한다.

제111조
현행:
①재판관은 대통령이 임명한다.
②...임명한다.
③대통령이 임명한다.
개정(안):
①6.법률이 정하는 바에 따른 사면 감형 또는
복권의 명령

②재판관 3인은 대통령이 지명한다.
③헌법재판소장이 임명한다.
④헌법재판소의 장은 재판관 회의에서 호선,
국회의 동의를 얻어 결정한다.

제9장
현행: 경제
개정(안): 경제, 사회

제123조
⑥국가는 독립기관으로 금융감독원을 둔다.
금융회사는 은행, 투자증권, 보험 회사별로 업무를
엄격히 구분해야 하고 특히 은행에서는 원금이
보장되는 상품만 판매할 수 있다.
⑦주식회사의 발행주식은 1주당 1천원으로 한다.
자본금 1천만 원 이상인 방송 신문 등 언론회사의
주주는 개인만 가능하며 1인당 1천 주 이내만
소유할 수 있다. 공정거래위원회 지정 대기업
집단 즉 특정 동일인의 지배 아래 운영되는
모든 기업은 1개의 지주회사가 개별회사 주식을
보유하는 형태로 정비해야 하고 이 지주회사
1곳만 주식시장에 상장할 수 있다. 특정 동일인은
금융지주와 산업지주 언론지주 중에 하나만
보유할 수 있으며 다른 것은 매각 정리하여야 한다.
순환출자는 금지한다. 매입 자사주는 소각하여야
한다.
⑧국가는 2026년 1월 1일부로 1천원을 1환,
10원을 1전으로 바꾸는 화폐 단위 변경을
실시한다.

한국은행장은 1환 5환 10환 50환 100환 지폐와
1전 5전 10전 50전 동전을 배포하며 기존 화폐는
같이 사용한다. 은행에서는 새 화폐만 배포한다.
⑨대통령은 필요시 한국은행의 의견을 들어 특정
외국 화폐에 대하여 1:1, 1:10, 1:100 비율 중
하나로 1년 이하의 기간 고정 환율을 실시할 수
있다.

제123조
⑩모든 부동산에 대하여 매년 시가의 1%를 보
유세 부과한다. 주택 소유는 1인당 5채 이내로
제한하고 주택 수 곱하기 1%를 매년 보유세
부과한다. 은행 아닌 법인은 주택 소유를 금지한다.
사회복지법인 종교단체 교육기관 등은 보유세를
일부 감면할 수 있으나 매년 국회의 동의를 얻어야
한다.
⑪법원의 판결에 의한 채권 소멸 시효 연장은
원래의 시효만큼 두 번 이내로만 가능하다.
⑫변호사, 회계사 및 의사(치과의사, 한의사,
수의사는 제외)의 연간 배출 인원은 각 총인구의
1만분의 1로 한다. 공인중개사 법무사 행정사
노무사 변리사 배출은 중지하고 이들 업무는
변호사가 담당한다. 세무사 감정평가사 배출도
중지하며 이들 업무는 회계사가 담당한다. 모든
의사와 변호사는 공직선거에 입후보하는 순간 그
자격을 영구 박탈한다.
⑬벌금형 등 금전적 범죄의 교정시설 복역 환산은
하루 1십만 원을 초과할 수 없다.

폭력조직을 만들거나 운용한 자, 도박장 운영자,
마약을 제조 판매 유통한 자, 법정 최고이율을
초과한 이자를 요구한 자, 보이스 피싱 등 비대면
사기범, 다단계 판매 업체를 설립 운영한 자,
고의로 살인 또는 음주 운전하여 살인한 자,
일제강점기와 그 전후의 일제의 악행을 미화
찬양하거나 독립투사와 피해자를 비하 조롱하는
자는 사형에 처한다. 횡령 뇌물수수 탈세 사기
등 금전 관련 범죄자는 징역형 등과 별도로 그
피해액의 50배를 벌금으로 부과하여야 한다.
⑭외국인의 국적취득 귀화 시험 합격자는 1년
1십만 명 이내로 하고 한 국가 당 1만 명 이내로
한다.
⑮부동산 보유세, 지하자원 판매, 일반 세수
등으로 충분한 재정이 준비되면 전 국민에게
국민기본카드를 발급한다.
1.기본생활카드
전 국민에게 대중교통 요금을 국가가 부담한다.
좌석 예약은 불가하다. 또한 하루 5천원 식대를
제공한다. 모든 식당은 5천원 식단을 2인분 이상
판매하여야 한다.
2.기본소득카드
태아를 포함한 모든 국민에게 월 1백만원의
기본소득을 카드에 제공한다. 국회의 동의로 증액
감액할 수 있다.
3.기본의료카드 및 기본교육카드도 발급 가능하다.
⑯방송통신위원회 방송통신심의위원회의 위원은
대통령 3인, 국회 3인, 민간 언론단체연합회 5인을
지명하여 11인으로 구성한다.

위원장은 위원회에서 호선, 국회의 동의를 얻어 결정한다.

⑰국가와 지방자치단체는 필로티 공법 건축물 등 내진설계가 부족한 건축물에는 건물주 세입자와 함께 철근 보강물 부착 등 보강공사를 실시하여야 한다. 바닷가 건축물은 그 바닥이 해수면 위 3미터 이상 되도록 설치하여야 한다.

⑱사립학교재단 사회복지법인 등 공공복리를 위하여 개인이나 기업 등이 기부한 재산은 양도세 등을 감면한다. 이사는 공공기관의 파견 시민대표 각계전문가 학생 등이 맡는다. 기부자나 그 후손은 10인 이상의 이사 중 1인만 가능하며 이사장 총장 등 경영책임자가 될 수 없다.

⑲농업 어업 임업 등의 생산물 경매시장의 경매사는 농림축산식품부와 해양수산부의 공무원이 담당한다.

⑳건설 제조 등 업체의 하도급은 모두 금지한다. 경영자는 제조 과정, 공사장 등에서 필요한 해당 인원을 전원 직접 고용하여야 한다. 위반할 시는 원청업체의 최고경영자를 10년 이상 징역형에 처하고 제조 공사금액의 50배를 벌금 부과한다.

제128조
③같은 날에 두 개의 헌법 개정안이 국회에서 통과된 경우에는 이를 ㉮안 ㉯안으로 동시에 국민투표에 부쳐, 유권자 과반수 투표와 투표자 과반수의 선택을 받은 개정안으로 확정한다.

부 칙

1. 이 헌법은 2024년 월 일부터 시행한다.
2. 이 헌법 시행에 따라 법률의 개정 제정 폐지 등을 신속하게 실행하고 또한 국민 의식의 변화 등에 부응하기 위하여, 정부 법무부와 국회 법제사법위원회에 장관과 위원장이 위촉한 각 1백명의 법률정비단을 상설한다. 법률정비단의 과반수는 법학 전공하지 않은 자 중, 각 분야에서 5년 이상 근무한 일반시민 전업주부 중에서 선발한다.
3. 검찰청은 해체하고 검사 명칭은 폐지한다. 이 헌법 시행 1년 내로 모든 검찰청사는 철거하고 그 부지는 대법원에 양도한다.
4. 국가는 현존하는 댐과 방조제의 재자연화 사업을 위하여 수자원공사와 농어촌공사 내에 전담 조직을 설치하여야 한다. 1차적으로 경상북도 영주댐과 전라남도 고흥만방조제를 2027년까지 철거한다. 교량을 설치할 수 있다.
5. 이 헌법과 법률에서 업무 등을 나열하고 '등' 표현이 있을 경우는 같은 종류의 개념을 의미하는 것이므로 엄격하게 해석하여야 한다.
6. 이 헌법은 즉시 시행하여야 하며 하위 법규의 미비 등을 이유로 이 헌법 규정의 이행을 게을리한 공무원 및 공공기관 직원은 즉시 파면할 수 있다.
7. 한국자유총연맹, 새마을운동중앙회, 바르게살기운동중앙협의회 등 관변단체는 모두 해산하고 재산은 국고에 귀속시킨다.

8. 국유재산관리청 공무원은 친일 재산 몰수, 관변 단체 재산몰수 등의 업무에 수사권을 가지며 경찰에 협조를 요청할 수 있다.

9. 주가 조작, 불법 공매도 등의 자본시장 범죄를 저지른 자에게는 다른 처벌과 별도로 해당 주식 등에 투자한 기간 중 최고가를 기준으로 50배의 벌금을 부과한다.

10. 국가는 매 세기 50년에는 1950년에 실시한 토지개혁을 시행한다. 매 세기 00년에는 금융개혁을 실시하여 채무탕감, 이자면제 등을 실시한다.

11. 국가는 공동체 대한민국의 보존과 계승을 위하여 국가보안법을 제정 운용할 수 있으며 이 법은 두 조항으로 구성한다.

첫째, '대한' 즉 위대한 한민족의 민족정기를 훼손하는 행위를 하는 자는 사형에 처한다. 식민지근대화론 또는 유사한 주장을 강의 출판 기고하는 자가 이에 해당한다.

둘째, '민국' 즉 민주주의와 인권에 반하는 행위를 하는 자도 사형에 처한다. 쿠데타를 모의한 자, 인신매매 간첩조작 감금 강제노동 고문 등 행위자가 이에 해당한다. 이 두 조항을 제외한 다른 모든 조항은 폐기한다.

12. 외국어교육과 외국인 대상 한국어 교육에 훈민정음 옛 글자를 사용할 수 있다.

13. 부동산 등기는 공신력을 가진다. 국가는 이에 필요한 절차를 마련하여야 한다.

흰 구름 한 조각 보시거든

유제화 문학집

초판 1쇄	2024년 03월 11일
지 은 이	유제화
감　　수	이미래
편집기획	임종구
편 집 장	이미래
펴 낸 이	임종구
펴 낸 곳	구암출판사
	등록일 2019년 7월 2일 제573-2019-000025호
주　　소	충북 청주시 흥덕구 1순환로 512번길 38 2F
연 락 처	043-904-1833
팩스밀리	043-905-4786
홈페이지	www.twlawa.com
E -Mail	guahmbooks@naver.com
정　　가	10,000원
l S B N	979-11-91421-14-9

이 도서의 국립중앙도서관 출판예정도서목록 (CIP) 은
서지정보유통지원시스템 홈페이지(http ://seoji.ni.go.kr) 와
국가자료공동목록시스템(http://www.ni.go.kr/kolisnst) 에서
이용하실 수 있습니다.